COAL SACK
銀河短歌叢書 1

ワルキューレ

原 詩夏至 歌集

歌集

ワルキューレ

目次

Ⅰ　ジョリー・ロジャー

Ⅱ　ワルキューレ

Ⅲ　ビッグフット

Ⅳ　ゾンビ

歌集

ワルキューレ

原 詩夏至

I　ジョリー・ロジャー

速報

じいいんと耳鳴りがして数秒後始まった速報震度6

祭壇を指で撫でれば一筋の埃拭き取られて占領地

誤爆また誤爆ばかりの無人新兵器また近づく雲雀の巣

遂にマウスも死に絶えて燐光に浮かぶ実験室地下深く

円を描いて一歩ずつ皇帝に迫る刺客の刃よ韻を踏み

撃ち抜いた額の穴に着地した綿毛が今年咲かすタンポポ

どこか遠くへ行きたくて君が踏むペダル音なく回る密室

全身を巡る自分の血の音が邪魔で聞き取れない盗聴器

恐竜が不意に凍えてみんな死に絶える児童劇のエンディング

「大筋で合意しました」とだけ聞こえて深更のニュース「では又」

壮大な破滅へ愛がとち狂い出す瞬間のきみの瞬き

海底に沈んだ摩天楼たまに陽に揺れて惑星いま静か

降誕劇の天使の子今はもう骨もなく教会がらんどう

一筋の光の帯が砲弾の穴から床に落ちた聖書に

一切を視て一切を焼きつけた脳の〈記憶〉の場所、黒焦げの

寝ても覚めても耳底にずっと聴こえる羽ばたきのようなモーター

「ウィーン」「ウィーン」と何者か語り合う遠い頭上の声蜂に似て

幸福に暮らしましたとさと言われてもあと余命5秒僕らは

ジャイアント・ロボ格納庫鉄筋も錆びてこの惑星もう無人

亀裂いま春の花咲くボロボロの鉄筋コンクリート、廃都の

ジョリー・ロジャー

何を奏でても哀しい曲になる少年の魔法のハーモニカ

傘と一緒に傘立てに突っ込んだ魔女の形見の杖夏館

タイムカプセル掘り返す校庭の片隅夏雲に見守られ

遠い異国の娼館のように煌めいてデパート地下菓子売り場

ロビンソン氏の黄金の巻き髪を撫でて孤島の風ひもすがら

崖に靴脱いで海へと放心の男が帰り行く日の盛り

ジョリー・ロジャーの旗の下少年は今もイルカの夢波の上

サイコキネシス鬱々と持て余す真夏、超能力少年の

刑事とうとう振り切って雑踏に紛れた愉快犯、白靴の

断崖の上うなだれて谷底を覗き込む向日葵炎天下

輪唱の最後のパート寒々と終わり「カエルの歌」それっきり

砂のお城をまたすぐに踏み潰す少年のサンダル大西日

保安官バッジで胸の銃痕を隠し荷馬車に積む木の柩

遠い沖には純白の客船も見えて佳境に入る白昼夢

粘土板には簡単な経歴も記され武人の骨墓の底

一筋の飛行機雲のその尖の機影燦めく空敗戦日

蛭に隈なく全身を覆われたまままだ歩きゆく星の森

傘さしたまま波照間へ行ってしまった母さんの傘が彼方に

波の下にも都はあるが故郷はなくて渚にまた水死体

待っているのは君自身その夢の深みで君を待っているのは

杜子春

指という指みな澄んだサファイアの指輪はめ王妃の夢想癖

柱廊に消えたキリコの輪回しの少女少女のまま秋既に

少し濃すぎたお湯割にむせながらまた聞く武勇伝最初から

魔女と結ばれ黒猫に変えられて歩く小春の塀いそいそと

道の枯葉を自転車をよけながら掃き取る老神父その猫背

ふと燃える目で寵愛の蟋蟀の脚を捥ぐ幼帝秋深く

「天のいと高き処に神の栄光」と横断幕蔦枯れて

薬嗅がせて眠らせた幼帝の首筋にルージュの五重丸

天井を仰ぐ不眠の王の傍らで王妃が見る雪の夢

烈風の胡地を夢みて夜更けふと愛新覚羅溥儀はメガネを

道遂に峠で別れ氷結の路肩踵で蹴る志士二人

この星の黎明として忽然と水平線に金の一筋

遂に怪獣皆殺し成し遂げて仰ぐ真っ赤なウルトラの星

もう誰も待たずにすむようにちゃんと撃ち抜く青い額ゾンビの

英雄のお骨庁舎に祀られて十日海辺の町猛吹雪

発掘を終え敬虔に運び去る副葬の王妃の耳飾り

お転婆な王女でしたがそうですか革命後看護師《ナース》にそれはまた

都落ちした公爵が隠れ住む山荘を今過ぎて春風

仙人のくれた畑の傍らで杜子春の静かな詰将棋

都忘れを見なければ忘れられない都とは何か春風

遮断機

輪を描いて蜻蛉捕らえた指先を今度は俺に向け少年は

「永遠」を買い戻しそこなってまた歩み去る靴音霊たちの

金縛り解け冷汗がどっと噴き出す瞬間のような放心

光背のない大仏の撫で肩を仰ぎ月夜の歌、蟋蟀の

カメラ小僧がデジカメの「カメ吉」と待つ月廃駅の駅頭に

天遥かきみの頭上に輪を描くきみにしか見えないＵＦＯが

「こいつ、本当は誰だ？」と相方の寝顔見守りつつ芸人は

相撲部屋から逃げ出した幕下を止め俺を止め降りる遮断機

「微力ながら」と演壇をバンと叩けばブレーカー落ちて議事堂

ゲリラ豪雨に流されて濁流を今はただ海へとドブネズミ

エンマコオロギとゾンビのエンマコオロギ鳴き交わす無人の鋪道

燃える火の中澆溂と幻のジェリーをトムが追う死後今も

「やっぱ、罠か」とまだ若いレーニンがそっと去るツァーリの舞踏会

ギヤマンの鐘神妙にお頭に捧げ忍びの村秋祭り

牛車ぎしぎし軋らせて権門が轢き潰す月下の水たまり

深夜書斎で少年が陶然と抱き締める地球儀白秋忌

蟹に耳切られ兎の群れを追われた童謡の兎のその後

愛はもう言わずシーツをただ押し伸ばす俺たちに明日はないので

草蔭に鋼鉄の罠一つ残して狼は森へ月の夜

簡潔に「貸看板」とだけ白く書かれ無音の闇をモノリス

牛丼

「金筋入りにならんかい、ここらで」と握らせるピストル先輩が

太腿に梵字のタトゥー青く光らせ青年が脚組む夜店

ロリコンのコンはコンテストのコンじゃないと知り少女の瞳《め》に翳り

「一枚、二枚…」と牛肉のように客数え屠殺場めくマッサージ

「♪飛べ飛べゾンビ」替え歌の少年が羽ばたき駆け降りる螺旋階

搾乳というのはつまりおっぱいの搾取なんですけど牛無心

「ドナ、ドナ」で揺れて売られていったのはきっとまだ少女の牝の牛

いずれ牛では飽き足らず貧乏なひとの母乳を売るぞ奴らは

帝国の遺跡何故だか絡まって出土した少女と牛の骨

母乳だけ売る乳牛が肉体を売る肉牛を喘う牧場

因幡の白兎みたいにゼブラ・ゾーンを呆然と夢の元カノ

「これ罠じゃないの？　違うの？　違うって言って！」って絶叫倉庫から

全部バラされて食われて頭だけ残った牛が噛むおまえの手

首都のダークな地下世界しんと見据えて今輝くおまえの目

臓器搬出ロボットが階段を軋ませ降りてゆく処分場

一瞥《いちべつ》の後悠然と歩み去る黒牛の最後の自尊心

何をかなしんで居るのかただ生きることがかなしいのか牛丼屋

「殺された牛が喜ぶ食い方を」なんて合掌して「つゆだくで」

猛牛と呼ばれ最後は闘牛のように葬られたその男

おいどんは何のどんぶり牛丼は牛おいどんは何のどんぶり

Ⅱ　ワルキューレ

ワルキューレ

ライン・ダンスの脚一つロケットのように千切れて飛ぶ星の下

爛々と照る満月を街中のテレビが映し出す秋葉原

寝室の窓に置かれたシーサーが守る二人の夜背を向けて

ＡＫＢ総選挙戦死者たちを抱いて夜更けの空ワルキューレ

金目鯛焼けばグリルに目だけ焼け落ちてその目が見るグリル裏

ビーチボールを膨らますとき鼻を刺すビニールの危険な香り

「いいえ、ここよ」と手を掴みしっとりと触らせる百円入れる穴

つぶらだがひどく開いた左目と右目が馬のようなアイドル

美しいのはただ右の横顔に過ぎず又見ている左側

ハーゲンダッツとかき氷天秤にかけ一瞬の真顔七夕

炎夏スタンドの嘲罵を一身に浴び立つ背番号「３７５６４《みなごろし》」

直球でしか愛さえも語れないおまえのデッドボール、窮余の

追いかけてくる美しい妖怪を返り討つ妖精泣きながら

死んだ夢見て目覚めればまたゾンビだったその無限の繰返し

掌の卵静かに炎天に翳し断言する「俺の子だ！」

太陽を追うフェンリルの足音のようなおまえの鼓動、今夜の

「斎藤さん」より少しだけ美しい「真夏の夜の夢の斎藤さん」

二人ともいつか眠って小津映画だけが静かに続く夏の夜

ピンと頭に跳ね上げたシニア・グラスに逝く夏のひかり夕波

ホイッスル吹いて陽気なトレンディ・ドラマのテーマソング遥かな

光の国

「お国は？」と訊かれ「光の国」と答えて呆然と星見る男

「愛だ！愛だ！」と虐殺の屍を掲げ大路をゆく聖徒たち

都税事務所の前庭はひんやりと桜咲き病院その先に

空の台車をからからと駆り立てて運ぶおまえの夢天国へ

教会を辞めて一年今彼は海をただ見ている病棟で

忽然と紅い法衣を翻し病室に高僧花日和

あれは愛です愛でしたそれはもうどうしても何故ならと遠い目

燃えた翼の燃えかすのケロイドを隠し男の背のランドセル

妄想も今は下火となりきみが茫洋と空見る格子越し

今日は額に手をやらずエメリウム光線ぶっ放す鬱だから

敵全て斃し怪力サムソンが遂に自分も死ぬ異国の夜

白く静かに海を向く山上のイエスめく風力発電機

神とニーチェがお互いの口髭をしんと見つめている月の崖

桜咲くそこを曲がってあとはただ道なりに行くだけバス停は

不治の病の少年が死後遂に「運命愛」に到る短篇

舞っているのは紙の雪「神」役の子役が「神様！」と叫んでも

天界の愛は遥かに豚小屋の母豚に仔豚に桃色に

きみが何故光の国を捨てたかは訊かないさようなら明けの星

YouTube からその昔よく口ずさんだ讃美歌流れ星の夜

都民共済窓口は太陽光都市《サンシャイン・シティー》に、きみの神は荒野に

製氷庫

金モール巻いて選挙のおじさんと化したツリーにまた吊る飾り

聖夜チキンの爪先に燦然ときみが挿す王冠銀紙の

葉っぱ全てが金色のツリー飾ってカウンター越しの微笑み

ぼよよんと揺れる帽子のぼんぼりの下の爆発めく付け睫毛

クラッカーから飛び出した紙テープ顔に載せ聖夜の犬の「お手」

聖夜メガネを光らせて馬小屋のお産を覗き見る三博士

アラジンはランプ少女はマッチ擦《こす》ってうっとりと星を見上げて

光の輪のせた天使と禿げた聖者が天上でハモる「樅の木」

不意に雪野に飛び出した雪男追って人工衛星《サテライト》の無数の目

サンタ暖炉に押し込んで乱れ髪直す若奥様降誕夜

聖夜襟立て連れ立てば頭上ただ煌めく電飾の偽の星

「オール・ヌードのサンタとは思えないサンタがうちの妻と何かを」

昔観た映画の冬のハルビンの煤で汚れた雪線路脇

天守閣から大雪の城下見下ろして次期城主の薄い唇《くち》

ボタン連打のきみの背に「ズー、ハー」と這い寄る呼吸音、暗黒の

目だけ残った雪うさぎ受け皿に湛え冷え強める製氷庫

彫った氷の宮殿の城壁に埋めたネオンの棒叫べ冬

宴いま果てて窓辺にきみが置く三角帽子青のメタルの

サンタ笑って飛び去ったあとぽつねんと神と月光

「15光年ほど先で信号機故障……」と誰か叫ぶ夜行車

オーロラ

オーロラの下へラジカが踏み渡る永久凍土《ツンドラ》オーロラを反射して

「うーあ!うーあ!」と烈風に何か呼ぶ雪男もうすぐ森は冬

みんな転倒でトップに躍り出たスケーターのんびり手を腰に

「ちょっと待って！」と駆け戻り赤土の更地に踏み直す霜柱

ギュンと弧を描いて転んだスノボーを包む雪煙に火薬の香

指名手配の犯人の顔とても若くクールなままた師走

自転公転取り混ぜてくるくると巡る氷の星きみを載せ

ピザハット以後もう誰も訪れぬ２０５号室大晦日

駅前にどっと人来てまた消えて王国新都心去年今年《こぞことし》

歳夜氷に閉ざされた古池を見つめ俳諧師の懐手

氷結の大河遥かに駆け渡る月兎、月から脱走し

ラウンジのカウントダウン・パーティーはそのままに独りのバルコニー

「ヤップ、ヤップ、ヤップ！」とよく透る声のするカーリング氷の海の上

メイクつるりと洗い落して敗残の悪役《ヒール》童顔

いつか自慢の種も尽きカウンター端ひっそりと撫でるビリケン

除夜の鐘すら聞こえない山上の露天湯にいま仰ぐシリウス

そしてまた兆す幸せ歳旦の沖に一筋射す陽の光

白獅子と赤獅子首も鬣もぶん回し佳境の「おもてなし」

夢の覚め際「アディオス！」と歩み去る輪郭もおぼろな男の背

氷砂糖の冷たげな白濁の輝き見かけ倒し掌《てのひら》

流れ弾

密林を一つへリ行く恐竜が人襲う映画のその始め

愛という名の娘《こ》と愛を語り合う月光の軍港新兵《ルーキー》が

海上を一つへリ去る恐竜が人襲う映画のその終わり

飛行艇「天鯨」敵に蜂の巣にされて今墜ちゆく星月夜

深夜何だか眠れずに口ずさむ葬送行進曲《フューネラル・マーチ》よ、傭兵の

銃口を凍空へ修羅雪姫と七人の荒野の小人たち

狼煙はや立ち永遠の闘いを再び繰り返す星の下

完膚なきまで蔓薔薇のぐるぐるのタトゥーが這い回る脹脛《ふくらはぎ》

猿と人とが愛し合い憎み合う映画ラスト近く森燃えて

豊乳の牛が時折天空を仰ぎ目礼するオスプレイ

空を飛ぶなら複葉機鼻先のプロペラふるふると丘を越え

オート三輪ごとごとと行き過ぎる夢の無人の街鰯雲

昇進を蹴って現場に留まったそうだ氷の目のあの男

大渦をよけてイタカへ細々と続く斬り傷めく澪標《みおつくし》

敵は死に今はもうドク・ホリデーも死んでワイアットの目の熾火

たった一つの知恵の輪を永遠の謎として星降る夜のゴリラ

「ココロナキミニモアハレハ…」ＡＩが液晶に打ち出す光の字

愛用の銃磨きつつ口笛で讃美歌燃え盛る炉の傍で

乱戦のさなか酒場の看板のマリリンを射抜いた流れ弾

氷結の路面に赤く美しく血を撒き轢かれ死んだ鳥は

Ⅲ　ビッグフット

ＰＵＬＰ

死んだ蚊と血痕指でぐちゃぐちゃに混ぜて聖痕めくおまえの掌

「馬鹿だなあ、馬鹿だなあ」呟きながら洗う輝くソープの湯船

「今、そこを死んだ亭主が…」おばちゃんが愕然と指さす焼き鳥屋

ため口で通す詩人と旧友の警官それとなく目逸らせて

段ボール村の最後の一人息絶えて星降る夜のガード下

女の子同士小さく甘酸ゆく愛し合うアパート青畳

いま書いている小説の粗筋をケータイに少女は切々と

「タクシー！」と濡れた車道に半歩踏み出す一滴も飲めない幹事

「狂う…狂う…」と鳩が寄る明け方の鋪道の雨に濡れた食パン

夢一つ破れ伏目の少年が叩き売る壊れたエイトマン

「愛!」と叫んで自爆した元魔界兵士「死ね死ね団」凍らせて

鈍く白眼を光らせてまた夢の王国へ二度寝の眠り姫

店名のついたジャンパー裏口で羽織りバイトのサンタ休憩

銀のシャベルを道端の捨て雪に突っ立て咥え煙草、マダムの

間一髪で白刃をかわし飛ぶガッチャマン敵陣本丸へ

アラビアの姫の衣装のまま火酒浴びてきみ線路を千鳥足

「お嬢様、お手をどうぞ」と腰をかがめればふと後ろに殺気の目

「そんなバナナ！」とバナナ型バイブ投げ出せば路上でのたうつバナナ

そう、まさにおまえみたいな性悪の女豹がハードボイルドの華

月一つ死にその胎を切り裂いて躍り出る鋼鉄の新月

ビッグフット

一歩一歩を音楽に変えながらビッグフットの旅森を越え

十字切られて死にかけた吸血鬼ふたり傷舐め合うゴミ置き場

あっこちゃんのお面の銀のペコペコの裏側に真っ赤なルージュ夏

盆踊り果てて夜店の人波に紛れ去る浴衣のロボコップ

「♪茜襷《あかねだすき》に菅の笠」ぺちぺちと隣室に手の音、霊的な

フラ孜《し》々と学びオアフに定住の元師長ムームー青緑

上半身タイの人魚と下半身ヒラメの人魚踊る竜宮

女新人飼育員圧死（その加害者セイウチも腹上死）

突き上げた手の先遥か全天を巡る星座という踊りの輪

自分の髪の黄金の大瀧に身投げして忘我のラプンツェル

深夜妖しく頬染めて大天使ガブリエルヤコブにがぶり寄り

勝ったゴジラが揚々と泳ぎ去る洋上幻のきのこ雲

遂に一度も「僕ら」とは言えなくてすれ違う日と月夜明け時

ありとあらゆる人種の子引き連れて笛吹きが立ち去るハーメルン

神殿に夕陽今射し黄金の招き猫ファラオに生き写し

少年と遊ぶイエスの左手のほそい指輪のないくすりゆび

黄金の雨の滴はダナエーの光る乳房を過ぎその下へ

ウルトラマンのお面上下《うえした》逆さまにつけ少年は昼寝川土手

北海の人魚が人と憎み合う童話いつしか途絶え星の夜

役行者のあどけない寝顔見ながら「ま、いいか」「うん」と神々

消防車

三階建ての三階の城山の見える窓辺に立つにきび面

炎夏白昼湯のような大風を受けてよろめく足海遥か

海は何処だと公園を風上へ歩く芝生を踏み汗を拭き

脚捨てててただもう帰りたいばかり輝く夏の海へ人魚は

「鶏口となるも牛後となるなかれ」なんて特訓ゼミ口早に

深く青芝踏みしめて炎天を行けば湧き立つ風海間近

テスト殊更不可もなく会場のビルから指で撃つ雲の城

紺青の海へ危うく観音の巨像が叫びかけた「母さん！」

曾祖父も祖父も習ったヴァイオリン拒絶して親父の安来節

小原庄助没落のいきさつを歌う朝湯の母愉しげに

砂の飯食った真似して「ねえあなた」なんて呼ばれていた茣蓙の上

何かがやがやしただけでもう辿る家路蟬時雨の登校日

お医者さんごっこ魔境に入り今はしーんと音もしない押し入れ

永遠にブルース・リーの死を拒み続けるきみのゴムのヌンチャク

六一〇ハップで真っ白なお湯を掻き分けて浮上のサメ、水色の

ああ一歩ずつ来るあいつ「オクラホマミキサー」に心臓ばくばくと

やってられるかと叫べば赤茶けた夕陽にありありと過去の恥

高校を辞めて二か月今きみが路上絶叫する革命歌

虹既に消えプードルが猛然と芝生に追いかける自分の尾

無論火事など初めから消す気などなくただ海めざす消防車

ルノアール

黄金の巻毛の猿が物語る黄金のバナナの理想郷

教壇を仰ぐ一人の青年の眼光の静かな破壊力

「自由・平等・博愛」の「博愛」を講師チョークで打ち「ここ大事」

駅頭を「♪ラララ科学の子」と曲は流れ高田馬場春間近

アニソンの元気意味なく突き刺さるイヤホーン屋上まだ真昼

「白鍵、黒鍵」といちいち踏み分けて横断歩道ゆけば春風

バナナ一つを昼食に売り捌く古書、古着、昔の恋の唄

今日も徒労でぽつねんと公園のベンチにうなだれる猫探し

帽子掛けには天使の輪だけがまだ一つ残っていて鳥曇

ゆっくりと追いかけてくるその昔親友だったゾンビ菜の花

昼食を終えまた駅の雑踏に立つ托鉢の僧とメイドと

振り返っても後ろにはもう何もない王様の馬車よ菜の花

今日も朝からルノアールより他にいるべき場所もなく花曇

今日もニーチェの事ばかり懸命に話し午後三時のルノアール

遂に正式に振られた初恋の余韻チリンと今消え四月

若奥様の寝室の鍵穴を覗くメイドの尻春燈

フォークダンスの輪のように永遠に出会い別れるだけ花の下

草原に寝て仰ぎ見る綿雲のような心の中の音楽

双眼鏡沖にまた向け「懐かしいものしかもう絶対見つけない」

記憶また少し途切れて途中から始まる「庭の千草」遥かな

大喜利

「ぶん！」と振り向く扇風機湯上りの汗にまみれた裸のきみに

芸名の候補二三個書きつけた他はまだ空白ネタ・ノート

猛追の競歩及ばず悠然と遠ざかる相方腰を振り

「乾杯！」と掲げたジョッキただ宙を切り大花火赤に緑に

泡すべて消え本体の金色が露出した生ビール二次会

「雨男なので…」と少しトーン落としてもう一度見やる店外

この上に更に雨かよこの夏の多分最後の海その帰り

秘宝館には磯の香が立ち籠めていて旅人の乾いた笑い

みんなただ赤い服着てナンパなどしたりされたりしていたあの日

巡回の鍵また鉄の鍵箱に入れてシェルターめく守衛室

「覚えてろよ！」とサイテーな捨て台詞吐いて走った道泣きながら

縦横に首振り糸を吐き散らすモスラ恥まみれの幼年期

冷蔵庫前の深夜の盗み食い見られた姉のようなイカの眼

割り箸の銃の輪ゴムの一撃で倒す核ミサイル、銀紙の

誰と居たってこの人は要するにこんなふうなんだな星視る目

俺の手を摑んで眠るその夢の中俺の手は今は音楽

折り畳み式ちゃぶ台の畳まれた脚に射す夕陽の底光り

振ればガラスの鈴になる卓上の透明な天使《エンジェル》夏終わる

大喜利で獲った座布団横に並べて噺家の静かな寝息

「どこでもドア」の鍵穴のないドアノブを陶然と撫でてのび太は

Ⅳ　ゾンビ

孔丘

ロイド眼鏡で庭先に現れた老人と碁を打つ夢現《ゆめうつつ》

白鳥のボートのペダル淡々と漕いで夕陽の池秋既に

アセチレン・ランプ輝く黄金の片隅に輪投げ屋社裏

先が輪になったロープを振り回しながら視線は空カウボーイ

景品のクマの頭上に天使の輪めいて輪投げの輪の一、二秒

「ご臨終です」と一人でお葬式ごっこまだ子供の孔丘が

黄金の夕陽まともに顔を打つ公園の木の橋吉祥寺

路地袋小路で終わり引き返す秋冷黒猫に見送られ

旧校舎へと決然と忍び込むランドセル夕陽に燦然と

草むしりマニア寡黙に草むしり終えて立ち去る庭夕日影

キリストのように水面《みなも》を踏みしめて蟻が渡ってゆく水たまり

灰皿のない公園に探偵が鬱々と踏み消す煙草の火

テレビ点けたらもう終わる寸前の首都圏ネットワーク蟋蟀

土に静かに突き立てた割り箸の卒塔婆《そとば》もう踏まれてセミの墓

オレンジと黒の隈取り妙にはっきりスズメバチ迫る鼻先

洗われた少年のシャツ裏庭の土に落ちそのまま半世紀

柄の一つ取れた老眼鏡卓に端然と畳まれカフェ無人

商標のついた桐札無駄に愛して惨敗の博徒月の夜

夢のアニマが夢なかの夢に見る兄の、即ちこの俺の夢

月の都の郊外で地球仰いでふと立ち止まる月兎

ゾンビ

ゾンビばかりの廃ビルにゾンビ倒せばその手から〈屋上の鍵〉

「〈屋上の鍵〉を見つけた」「〈屋上の鍵〉を拾いますか?」「はい／いいえ」

〈屋上の鍵〉がなければ次へ進めずただ拾う〈屋上の鍵〉

〈屋上の鍵〉を使って屋上に出ればまた待ち構えるゾンビ

ゾンビまた殺して次の展開を待つ束の間の屋上に月

「物陰に何か光っている」「調べますか？」「はい」（それしか選べない）

次は〈地下室の鍵〉かよでも何でそれがこの汚ない屋上に？

さっき昇った階段をまた降りてまた出会う新しいゾンビに

やっぱゾンビも飽きたのか今回は這って襲ってくる首なしで

「はうっ！　はうっ！」と鶴嘴でゾンビ倒して裏庭に出れば蟋蟀

見ればその昔一緒に逃げ回り一緒に戦った友（ゾンビ）

「もう嫌だ！　嫌だ！」と叫びながらまた殺す蝗のようにゾンビを

ヨーヨーのように最後はぺしゃんこに破裂したゾンビを更に踏み

しかもなお尽きせぬゾンビ元々の姿形《かたち》を忘れ果てた強さで

地下室はどこだと庭をゆく俺の気づけばゾンビめいた足取り

本当は分かる気がする何故きみがゾンビか（分かりたくないけれど）

ふとヒトに気づくゾンビの首の音　ゾンビはヒトの何に焦がれて

もう半ば夢見心地で叩き続ける肉塊になったゾンビを

「あっ！」と叫んで殺されて気がつけば自分もゾンビだった衝撃

もう別に〈鍵〉はないけど這い回る廃ビルゾンビ同志笑顔で

中継車

桃花源から薄明の水上を往けよ往けよと呼ぶ太湖船

隅にヒヨコを描き添えてきみからの転居通知が届く早春

愛妻弁当のおかずは梅干しと筍と愛だけ工場裏

筋肉と脂肪の縞の赤白の美しい豚バラ春既に

ミイラばかりの洞窟を吹き抜ける春の嵐に似てきみの唄

むっつりとタンゴを踊る元世界選手権チャンピオン花日和

川沿いの桜にしんとスマホ構えてきみ鋼鉄の橋の上

輪廻の輪ちょっと戻って姿見に映る前世のきみ、パラソルの

住めば都とおじさんが悠々と寝ころぶ橋の下花月夜

そういえばあれもある意味お花見で都電荒川線春真昼

誰に訊いても「凄惨な事件でした…」と口ごもるばかり花蔭

レジに鍵かけて灯を消す一日の果ての巻かれたままのおしぼり

追いかけて来る外洋のざわめきが遠くまだ聴こえる登り坂

草色の河童がたまに立ち混じる少年野球団河川敷

新都心から自転車で土の香の中を家路につく先輩と

若いママさんランナーが今遂に遅れ絶叫する中継車

堤防をビニール袋ただ一つこけつ転《まろ》びつ跳ね海面へ

都立家政で何となく途中下車して茫然と探す公園

ブランコの孫を目で追う老画家のあいまいな頷き桜散る

春　不意に舳先を変えて川上へ遡る三途の渡し守

ODAWARA

これがそうかと歩み寄る枳殻《からたち》のたった一つの黄金の玉

鬼柚子という大きくていかつくて孤独な柚子に遭う秋寒く

天才の愛と失意と再生の聖地にまたひとり旅の者

「昔その男はこんな二畳間に暮らしていたのです」と笑顔で

死後今も腰にタオルを下げきみがたまに歩くというその小道

別の誰かの句碑なども片隅に晩秋の鄙びた記念館

車一つ待たせて静か晩秋の裏道の小さな蒲鉾屋

コンクリートのトンネルの先にもう小さく見えている夕渚

テトラポットの釣り人が逆光に遠く打ち振る竿旅半ば

誰も無言でやり過ごすあとほんの少しで靴に届く夕波

記念写真は海を背に皆どこか既に異界の貌琥珀の陽

とても由緒のありそうな幻の暖簾が翻る海風に

案内所にはお茶なども整然と並び人待ち顔そぞろ寒

店主和服で旅人に半纏を勧め小春の町ひっそりと

階段の手すり木彫りの鳥たちが羽繕う料亭、永遠に

もとは恐らく蔵だった資料館入口に今赤くスリッパ

蕎麦とビールと天ぷらでご機嫌のきみの、みんなの声寒空に

宴半ばで駅へ発つ背に既に秋の夜気（さよなら、夢の町）

そういえばどんと真っ赤な提灯が燃えていた入口、この町の

駅？　駅はこの道をただ真っ直ぐに進めば見えて来るよ、夜闇に

スシ・バー

子を守り死んだモスラの燃え上がるつばさに息を呑み少年は

幼虫を守りゴジラに焼かれ死ぬモスラ黄金《こがね》の火に抱かれて

両手捥がれたバービーが晴れ晴れと笑う子供の日の焼却炉

「アイスより氷が好き」と言いながら眼は冷凍庫奥の何かを

ショッカーになった動機を訊ねられてもただ「イー！」とばかり夏海

「お母さん！お母さん！」もう永遠に回る観覧車を降りれずに

「讃岐でも隠岐でも俺のいる場所が都だ」と帝《みかど》は遠島に

飛ぶためにではなく回るその翅の静謐さ風力発電の

厨子王と安寿声なく縺れ合う草叢流れ飛ぶ恋蛍

冷蔵庫製の濁った氷グラスに芸妻《げいつま》の独りのモルト

妻の朝帰り待ちつつ髪結いの亭主の読み耽る「イーリアス」

敵メカをバラしアキバに売る裏のバイト（兼正義のリサイクル）

重戦車から忽然と首を出すきみの視線の先竜巻《トルネード》

チューブ垂らした敵の首ゴミ箱に捨てて初仕事のサイボーグ

改めて訪えば岬は今もまだ灯台修理中夏の風

州政府要人も来て飲むというスシ・バーにイカの絵炎天下

風船のように最後は星空で破裂した「鳥《バード》」に、その反吐に

捨て石にされた碁石とそうでない碁石が碁笥《ごけ》に還る静かに

ヘッド・ギアつけた子供とその親の脳裏今静かにレクイエム

ふたり古巣に火を放つ　断捨離という美しい謳い文句で

解説　「拡張現実」に現われるヴィーナスや戦死者たち
——原詩夏至歌集『ワルキューレ』に寄せて

鈴木比佐雄

1

宮沢賢治の童話『銀河鉄道の夜』は、「黒い星座の図」の「白くけぶった銀河帯」を指しながら「このぼんやりと白いものが何かご承知ですか」と、先生が生徒に尋ねる場面から始まる。主人公のカムパネルラは、この答えを知りながら屈折した思いを抱えていて「星座」だと答えなかった。賢治はきっと簡単に答えを出さずにこの童話を読み夜空を見上げながら、自分の感受性で答えを探してほしいと願っていたのだろう。原詩夏至さんの第二歌集『ワルキューレ』を読みながら、なぜかこの賢治童話の冒頭が想起されてきた。原さんは私たちに「ワルキューレ」とは何かを自分で感じて探し出して欲しいと願っているのだろう。

原さんは二〇一三年に第一詩集『波平』、第二句集『火の蛇』、二〇一四年に歌集『レトロポリス』、二〇一五年に小説『永遠の時間、地上の時間』、二〇一六年春に勝嶋啓太さんとの二人詩集『異界だったり現実だったり』と、この三年間に五冊の新刊を出版している。詩、俳句、短歌、小説のどのジャンルも優れた実験精神に貫かれた独自の表現者であることが明らかになってきた。原さんは時空を超えて行く不思議な能力が人一倍強いと思われる。それは他者や事物を見つめているとそれが勝手に動き始めて変化させてしまう想像的な力である。また過去の歴史的な事件や場所にタイムスリップし、いつの間にかその場所で何かを加えようとし始める。一方遥かな未来から現実を見ているところもあり、現実が未来に引き伸ばされるように感じられてしまうところがある。さらに私たちに未来の現実が、実はこのような拡張された現実の光景の果てとして見えてくる。現実は本当は確固としたものではなく揺らぎながら展開し連なっていく存在なのではないか。その不確かな現実を表現者・芸術家たちは、自らの感受性で認識し、新たな現実に創造的に関わるべきだと考えているのだろう。

二十世紀初頭に起こった表現主義や一九二〇年代に始まるブルトンたちのシュルレアリスム運動や多くの表現者などは、その現実を破壊させようとしたり、またその深層を明るみにだして、新たな表現上の新しい現実を創造しようと試みた。二〇世紀・二一世紀の社会は高度な科学技術を誕生させて今も進化中だ。その科学技術は人びとの暮らしを豊かにしてきた半面、とても危ういもので真っ先に原爆など大量破壊兵器に転用されてそれも現実化されてきて、今も世界を破壊させる最大の不安定要因だ。ただパソコンや携帯電話やスマホなどのデジタル技術は、様々なアプリケーションによって個人の表現・創造能力や通信・発信能力を飛躍的に高めるツールになり、それゆえに多くの人びとの必需品となって世界中に広まった。それらによって現実（Reality）から仮想現実（Virtual Reality）を産み出し、さらに拡張現実（Augmented Reality）や複合現実（Mixed Reality）へと、例えば最近の「ポケモンＧＯ」などは単なるゲームソフトを超えて、宇宙からの位置情報技術などの技術によって世界中に拡散している。このことと文学は無縁ではありえないと原さんは考えている。

原さんの今回の『ワルキューレ』を読んでいるとそんな拡張現実（Augmented Reality）や複合現実（Mixed Reality）の時代において、短詩形文学の短歌にはそんな時代が到来することを予知していたかのような作品を垣間見ることが出来る。原さんはその表現方法をすでに十二年前に書かれていた第一歌集『レトロポリス』の頃から試みていたようだ。その歌集の中の例えば「『万物の元は水だ』と叫び出す前のタレスがゆく草の波」や「水爆を宇宙に捨てて凱旋の光速エスパーにふと微熱」などの私が評価する短歌は、まさに拡張現実を書き記していたかのようだ。しかし例えば「四次元芸術」を目指した賢治の『銀河鉄道の夜』などの優れた文学には、ある種の「拡張現実」を描き出す想像力が宿っているのであり、ある意味で科学技術がそれに追いついてきたのだと私は考えている。その意味では文学者・芸術家にとって自らの想像力の根幹を問われる大変な時代を迎えているのだろう。

2

歌集『ワルキューレ』はⅠ章「ジョリー・ロジャー」、Ⅱ章「ワルキューレ」、Ⅲ章「ビッグフット」、Ⅳ章「ゾンビ」の各章一〇〇首の合計四〇〇首から成り立っている。どの章のタイトルも個性的で異界からやってくる魔物か異次元の存在を感じさせるものだ。

Ⅰ章の章題「ジョリー・ロジャー」は欧米では「海賊旗」を指し海賊船のシンボルだ。Ⅰ章は「速報、ジョリー・ロジャー、杜子春、遮断機、牛丼」からなる。「速報」の中の「じいいんと耳鳴りがして数秒後始まった速報震度6」は、日本列島には至るところに活断層が存在していて、この前の震度6が連続して起こった熊本大地震のように、私たちはいつでも震度6に遭遇し街が破壊されることを覚悟しておくしかないと指摘している。「誤爆また誤爆ばかりの無人新兵器また近づく雲雀の巣」は、現代の戦争の最も恐ろしい現実を伝えている。「雲雀の巣」とは夫婦が子どもたちの誕生に合わせて作った家の暗喩だろう。その子育てという人類の希望を科学技術の粋を使って作った無人新兵器がいまも破壊しようとしている狂気を伝えている。萩原朔太郎の詩集『月に吠える』の中にある詩「雲雀の巣」では、朔太郎が利根川の河原で見つけた「雲雀の巣」の中から卵を取り出すと殻が破れてしまい、雲雀の子の命を殺めたことを「利根川の河原の砂の上に坐つて懺悔をする」という詩だ。無人新兵器を操作した軍人や作戦を承認した政治家は、決して朔太郎のように懺悔も後悔もしないのだろう。「ジョリー・ロジャー」の中の「ジョリー・ロジャーの旗の下少年は今もイルカの夢波の上」と「海賊船」に乗り込んで世界の海を渡ることを夢見るのだ。

Ⅱ章の章題「ワルキューレ」は歌集のタイトルでもあり、元々のワルキューレ（ドイツ語ではヴァルキューレ）は、北欧神話に登場する複数の半神で「戦死者を選定する女」を意味する。二〇〇八年に上映されたトム・クルーズ主演のヒトラー暗殺計画の映画名が『ワルキューレ』でその名前はかなり知られるようになった。最近の「ワルキューレ」はSFアニメ『マクロスΔ』に登場する架空の女性5人組の音楽ユニット名で、キャッチフレーズは「超時空ヴィーナス」で若者たちに人気があるのだろう。そのSFアニメ『マクロスΔ』の総監督の河森正治がAKB48のアニメを作る際にAKB総選挙を取材していて順位発表を待つ緊張感から「戦場に出る覚悟」を感じたことから「ワルキューレ」を連想してその名をつけたと言われている。そのような三重の意味が「ワルキューレ」には重なり合っている。その名が出てくる短歌「AKB総選挙戦死者たちを抱いて夜更けの空ワルキューレ」では、現代のAKBなどの少女や若者たちが、過剰な情報戦争やブラック企業が暗躍する経済戦争でその若さを消費されて「戦死者」となってしまうことを、「ワルキューレ」は見届けようとしているかのようだ。さらに北欧神話、第二次世界大戦、そして現代の戦場で傷ついた戦士の死を見届け、未来の戦争を引き起こさないように歌で平和を伝えるが、仮に戦争が起こった際の戦死者を抱き締める「ワルキューレ」というヴィーナスの存在を際立たせる。原さんは現在の軍備を拡張させる危うさから将来の戦争の悲劇を予見しながら、「ワルキューレ」が歌う戦争に向かわないようにさせる平和の歌を自らの短歌で示そうとしているに違いない。

その他のⅢ章「ビッグフット」は、大きな足をした「未確認動物」であり、Ⅳ章「ゾンビ」は、「甦る屍」のことだ。「一歩一歩を音楽に変えながらビッグフットの旅森を越え」では、賢治で言うなら山男の存在を意識しながら山歩きをするのだろう。また「ゾンビばかりの廃ビルにゾンビ倒せばその手から〈屋上の鍵〉」では、倒した「生きる屍」から託された〈屋上の鍵〉から見える光景とはどんな眺めだろうか。原さんはその誰も見たことのない光景を書き記していくに違いない。四〇〇首の中には、様々な身近な異空間や歴史的な場所に急接近してその場所を躍動させてしまう魅力的な短歌が溢れてとても刺激的だ。そんな「拡張現実」の中に現れるヴィーナスや戦死者たちが胸に飛び込んでくる短歌を、アニメ世代の人びとを含めて多くの人びとにぜひ読んで欲しいと願っている。

あとがき

第二歌集『ワルキューレ』を刊行する。

先の歌集『レトロポリス』から二年。とはいえ、その際収録したのは、ほぼ全て、作歌を一時中断する二〇〇四年以前の作だ。

従って、今回の『ワルキューレ』は、実質的には、実に十二年ぶりの歌集ということになる。

その間、日本では、何が起こったか。多幸症的な「バブル」の後遺症から、明日をも知れぬ奈落のどん底へ、全てが、隕石のように、ただまっしぐらに「墜落」し続けただけではなかったか。

例えば、だ。投げ上げた小石は、放物線の頂点で、一瞬、擬似的な「無重力状態」を体験する。そして、こう思う——「やった！　俺は、到頭、地球の重力圏から脱出して、宇宙に到達したんだ！」。これが所謂「バブル」だ。だが、一秒後、小石は「ん？」と思う。一秒前より、ほんの僅か、身体が沈んだような……。「いやいや、そんな筈は……」。だがその更に一秒後、小石は、更にほんの僅か、自分が「落下」していることに気がつく——それも、一秒前よりほんの僅か「加速度」さえ伴って。

かくして……後は、想像するだに恐ろしい。

小石は、「宇宙」の夢を見ながら、まもなく、間違いなく、地表に激突する。

いや、その前に「空気摩擦」で跡形もなく燃え尽きるだろうか。

「多くの場合、平和は戦争の仮装である。平和においてこそ、見えない敵の毒によって、人間は深々と殺される。祈りもまた、死ぬ」（宗左近）。そうだ。我々は今、将来の「戦争」から「平和」を守ろうとしているのか。それとも、「平和」という「仮装」の下、もうとっくに始まっている「戦争」を一刻も早く終わらせたいのか。いじめ、失業、虐待――「戦死者」は今も絶えない。この拙い歌集が、彼ら・彼女らのささやかな同伴者となってくれれば、光栄これに過ぎたるはない。

最後に、担当して下さったコールサック社の座馬寛彦さん、解説をお寄せ下さった代表の鈴木比佐雄さん、装幀デザインの杉山静香さん、そして、今は「同志」とも呼ぶべき同社の全スタッフの皆さんに、心からの御礼を申し上げたい。

二〇一六年六月三十日

原　詩夏至

原 詩夏至（はら　しげし）略歴

1964年、東京都生まれ。日本ペンクラブ・日本詩人クラブ・日本短歌協会・日本詩歌句協会各会員。短歌誌「舟」、俳句誌「花林花」同人。「神楽坂詩の会」運営委員。

著書

句集『マルガリータ』（ながらみ書房）
　　『火の蛇』（土曜美術社出版販売）
歌集『レトロポリス』（コールサック社）第十回日本詩歌句随筆評論大賞（短歌部門）受賞、第七回日本短歌協会賞次席
　　『ワルキューレ』（コールサック社）
詩集『波平』（土曜美術社出版販売）
　　二人詩集『異界だったり　現実だったり』（コールサック社）
小説集『永遠の時間、地上の時間』（コールサック社）

現住所　164-0002 東京都中野区上高田 1-1-38

COAL SACK 銀河短歌叢書 1

石炭袋

原 詩夏至　歌集『ワルキューレ』

2016年9月16日初版発行
著　者　原　詩夏至
編　集　座馬寛彦・鈴木比佐雄
発行者　鈴木比佐雄
発行所　株式会社 コールサック社
〒173-0004　東京都板橋区板橋 2-63-4-209
電話 03-5944-3258　FAX 03-5944-3238
suzuki@coal-sack.com　http://www.coal-sack.com
郵便振替　00180-4-741802
印刷管理　（株）コールサック社　製作部

＊装丁　杉山静香

落丁本・乱丁本はお取り替えいたします。
ISBN978-4-86435-264-2　C1092　￥1500E